KB194222

인생 사계절

김희정 시집

인생 사계절

김희정 시집

1. 들머리에

김희정 시인의 「인생 사계절」이란 시집 원고를 받아보니 시를 쓴 연륜이 있어 보이는 것으로 느껴졌다. 작품 한 편 한 편마다 묻어나는 정성과 그 깊이에 빠져드는 일은 그리 오랜 시간이 걸리지 않았기 때문이다.

이번 그의 시집은 〈인생〉 편에 30편, 〈사계절〉 편에 50편으로, 〈인생〉 편에서는 일상적인 내용을 가지고 시를 썼으며 〈사계절〉 편에는 계절과 관계있는 시를 모았다. 그래서 시집명이 「인생 사계절」이라고 했던 것 같다.

2. 가장 가까운 것으로부터

그의 시는 가장 가까운 것으로부터 시작하고 있다는 느낌이다. 가족, 그리고 가정과 이웃으로부터 멀리는 국가와 세계로 통하는 시를 쓰고 있다는 생각이다. 가족이 자기와 가장 가까운 혈육이고 이웃도 가깝기 때문에 거기에서 출발하는 것이 시를 쓰는 올바른 자세라고 생각하고 있다. 그의 작품 '아들들아' '나의 딸' 이런 것들은 가족에서 출발하고 있음을 느끼게 되었다.

아래 시는 자식을 키우면서 고생만 했다는 생각을 하지

않고 즐거움으로 키웠다는 내용이다. 자식을 키우면서 갖는 희노애락을 사계절에도 접목을 시켜서 생명의 잉태와 피어난 고운 꽃을 바라보는 시인의 사계절은 희망으로 가득 차 있음을 느낀다.

너를 키우면서
눈물만 흘렸던 것은 아니다
봄에는
내 가슴에서 꽃으로 피었고
여름에는
시원한 그늘로 살기도 하였다
눈부신 가을에는
파아란 하늘로도 살아 보았고
눈 내리는 겨울에는
하얀 눈꽃으로도 살아 보았다
……

– '아들들아' 일부

하얀 눈 펄펄 내리는
겨울에는 하얀 도화지에
너의 모습 그려 놓고
항상 곁에서 보고 싶은
사랑이야.

– '나의 딸아' 일부

위의 시에서 아들과 딸은 가족으로 詩化(시화)하였다. 아들과 딸은 모두 소중한 시인의 가족이다. 시인의 가족으로 태어난 그의 아들과 딸은 글 속에서 다시 태어나 행복한 삶을 살고 있다. 특히 내 가슴에 꽃으로 핀다는 내용은 시인 자신의 행복이리라.

3. 시의 사계절(봄,여름)

김희정 시집의 〈사계절〉 편에 보면 계절 감각이 잘 나타나 있다. 모든 시인들이 계절에 민감하다. 그러나 그 계절을 시로 표현하는 방법은 다르다. 김희정 시인의 사계절은 손에 잡힐 듯 사진을 찍듯이 선명하다. 사계절 중에서도 특히 봄에 관한 시가 많았다.

봄, 봄향기, 움트는 봄, 찬란한 봄, 등 여름에는 여름에 관한 시, 가을에는 가을에 관한 시, 겨울에는 겨울에 관한 시, 모두가 그 계절을 상징적으로 표현한 훌륭한 시다. 우선 봄에 관한 시 몇 편을 보자.

꽃샘추위의 시기를
이기고 나서야 오는 봄,
겨우내 앙상한 나뭇가지들의 바람으로 부는 성화
실눈 떠 움트는 새싹들의 아우성

– '움트는 봄' 일부

아직 녹지 않은 산기슭
분홍색 옷 입고 새색시처럼
수줍게 앉아 피어있는
진달래꽃

가녀린 몸 길게 늘어져
가지마다 노랗게 수를 놓고
봄바람에 살랑살랑 유혹하는
개나리꽃

                     - '찬란한 봄' 일부

   이렇게 찬란한 생명의 봄이 형형색색의 환호성으로 일어서는 모습이 눈에 선하게 보이는 듯하다. 다음으로는 여름으로 넘어간다. 여름 또한 생명의 연장선에서 계절의 절정과 소리로 가득하다. 계절의 순환이 자연스럽게 이루어지고 있음을 느낀다.

내가
한 여름의 나무로
살고 싶은 까닭은
고 작은 매미를
울게 하고 싶기 때문이야

너와 내가 울지 못하면
매미라도
원 없이 울게 하고 싶어.

- '여름' 일부

칠월에는
뜨거워지자
가슴에 이글거리는
태양 하나 품고
우리 뜨거워지자

- '7월에는' 일부

다음의 '가을비'는 시적인 이미지를 잘 표현한 작품이다. 전연 가을비라는 단어를 쓰지 않고도 이렇게 가을비를 잘 표현하고 있는 것이다.

그리워 불러보네
보고파 불러보네
그대가 울어주니
내 가슴은 다 젖고

- '가을비' 일부

여기서 젖는다는 주체가 가을비다.

다음으로는 '이 가을에'라는 제목을 붙인 가을 작품을
감상해 보자. 해님처럼 이쁜 글이다.

　풍성하게 채워질 알곡들
　아름다운 계절에 잘
　익어갈 수 있도록 해님만
　이 땅에서 머물다 가게 해요.

- '이 가을에는' 일부

4. 끝맺으면서 한마디.

김희정 시인은 80편의 시를 써서 시집으로 묶었다. 〈인
생〉과 〈사계절〉로 나누어 〈인생〉 편에서는 친족, 다시 말
해서 자기의 가족을 노래했고, 〈사계절〉 편에서는 계절
감감을 앞세워 그 계절에 맞는 작품을 써서 한 권의 시집
을 만들었다.
　김희정 시인은 이번 시집을 통해 그의 능력을 마음껏
발휘하고 있다. 아직 숨어 있는 능력을 더 발굴하여 언젠
가는 중앙문단에 그 면모를 당당히 보여줄 인재로 발돋
움할 것으로 믿으며 무궁한 발전을 기원하는 바이다.

2025년 4월 丁巴 정민호 씀

봄에는 잠시 벚꽃이 되어 살다가
무심하게 부는 바람에 떨어져
지고 마는 그 여린 꽃잎 앞에서
겸허히 받아들일 수 있었지.

여름에는 이글거리는 태양 아래
잠시 쉬어 가는 시원한 나무 그늘로 살다가,
그늘에서 쉬어 가는 이들을 보며
공손하게 나를 내려놓았고.

가을에는 들녘으로도 살아 보았어.
마냥 내 것이 없음을 비로소 깨닫게 되었고
비울수록 더 넓어지는

내 마음을 보게 되었지.

겨울에는 하얀 눈으로, 때로는
나를 닮은 눈사람으로 살아 보았어.
햇살쯤은 두렵지 않았고, 녹아내려
물이 되는 것도 무섭지 않았어.

나의 인생 사계절은 내게 주어진 복들이었어.
지난 세월 참 대견하여,
넘치는 행복에 겨워 또 다가올
사계절이 기쁘게 기다려진다네.

4월 어느 날 김희정 씀

목차

권두해설 / 정민호(시인)
시인의 말

인생

사계절

목차

인생 사계절

김희정 시집

도서출판 뿌리

인생

감사해요

해와 달이 가는
한량없는 세월 속에
나를 위해 울어줄
사람이 있다는 건
얼마나 감사한 일인가.

궂은비 내려 질척일 때
손 내밀어 잡아 주고
젖은 가슴 햇살에 말려
함께 웃을 수 있다는 건
얼마나 감사한 일인가.

무심한 마음인 냥
눈앞에 보이지 않아도
항상 나의 가슴 언저리에
자리한 네가 있다는 게
얼마나 감사한 일인가.

당신 손을 잡아요

손에 쥔 것이 없으면 어때요
욕심 없기에 빈 손이지만
반갑게 당신 손을 잡아요.

빈 손이라고 부끄럽지 않아요
무겁고 거추장스럽지 않아서
가볍게 당신 손을 잡아요.

가벼운 손이지만 반길 수 있기에
미안해하지 않고 부끄럽지 않아서
마음 편히 당신 손을 잡아요.

나무 같은 인생

흔들리지 않고 자라는
나무 있으랴, 비바람 맞지 않고
자라는 나무 있으랴,
거센 바람이 나무를 지날 때
수많은 비가 나무를 적실 때
나무는 비로소 나무같이 자란다

이파리는 거저 나오는가,
열매는 거저 열리는가, 사계절
자연에 순응하며 살아가다 보면
나무는 비로소 나무가 되고
흔들리지 않고 자라는 나무는
세상에 단 한그루도 없다

우리네 인생도 그렇다.

아들들아

너를 키우면서
눈물만 흘렸던 것은 아니다
봄에는
내 가슴에서 꽃으로 피었고
여름에는
시원한 그늘로 살기도 하였다
눈부신 가을에는
파아란 하늘로도 살아 보았고
눈 내리는 겨울에는
하얀 눈꽃으로도 살아 보았다
그래서 아들들아
눈물만 흘리며 살았다고
말하지 마라
너를 사랑하면서 나는
사계절을 모두 다 품고 살았으니
내게 그 사계절을 준 것은
바로 사랑하는 너희들 이란다.

나의 딸아

꽃피는 봄에는
진달래 꽃처럼 화사한
모습이지
무더운 여름에는
그늘 속으로 찾아가는
시원한 모습이고
익어가는 가을에는
잘 익어 수줍은 사과처럼
발그레한 예쁜 모습이야
하얀 눈 펄펄 내리는
겨울에는 하얀 도화지에
너의 모습 그려 놓고
항상 곁에서 보고 싶은
사랑이야.

들에서

가을에 아낌없이 비워 내어
봄에는 너로 인해 움트는
둥지이고 싶다

내가 어린 새싹을 틔어 내어도
비울 때는 비워낼 줄 아는
욕심 없는 들판으로
있으면 있는 대로
없으면 없는 대로
청빈한 삶을 살아가고 싶다

때로는 네게 고독과 아픔이
슬퍼서 눈물 나는 서러운 날도
있다는 것을 알기에
내가 봄 앞에서 겸손해지고
진실한 마음이라면
나를 용서해 줄 거라 믿는다

아! 이 봄에는 따뜻한 눈빛으로
너로 인해 채워가는 봄의
들판으로 생을 이어가고 싶다.

회상

그대 사랑은 나를 위하고
나는 그대의 마음 물들게 했지
무지개 꿈처럼 아름다웠네

서산에 지는 노을 바라보다
그대와 함께 했던 행복한 지난
날 아련히 떠오르는 추억들

그때는 어려서 행복이 무엇인지
그 사랑이 무엇인지도 모른 채
시간은 먼지처럼 날아가버렸어

수많은 세월이 지나버린 지금
당신을 향한 나의 사랑이
성숙되어 감을 알아가지만

속절없이 나를 사랑해 준 그대에게

고마운 표현도 못해보고
잃어버린 세월 후회만 가득하네.

나의 인생 사계절

봄에는 잠시 벚꽃이 되어 살다가
무심하게 부는 바람 앞에 떨어져
지고 마는 그 여린 꽃잎 앞에서
겸허히 받아들일 수 있었지

여름에는 이글대던 태양 아래
잠시 쉬어가는 시원한 나무 그늘로 살다가
그늘에서 쉬어 가는 이들을 보며
공손하게 나를 내려놓았고

가을에는 들녘으로도 살아 보았어
마냥 내 것이 없음을 비로소 깨닫게
되었고 비울 수록 더 넓어지는
내 마음을 보게 되었지

겨울에는 하얀 눈으로 때로는,
나를 닮은 눈사람으로 살아 보았어

햇살쯤은 두렵지 않았고 녹아내려
물이 되는 것도 무섭지 않았어

나의 인생 사계절은 내게 쥐어 준 복들이었어
지난 세월 참 대견하여서
넘치는 행복에 겨워 또 다가올 사계절이
기쁘게 기다려진다네.

꿈의 색은

분명히
파스텔 색이었다
흑백으로 흐려지는
기억들을 모아가며
지난 꿈 꾸었던
꿈의 색깔을 찾아
기억을 더듬는데
퍼즐 조각되어 날아다니고
반복하여 맞추려 애쓰지만
포기하지도 못한 채 여전히
내 손에는 크레용만
만지작 만지작
오늘도 고운 꿈결 같은
색 찾아 헤매는
나의 손은
그리움따라 그려 간다.

행복한 사람

세찬 바람 불어도
눈보라 치던 겨울 길에도
앞만 바라보며 살아온
나의 인생길
하고 싶어 가슴앓이만 해 오던
글공부를 할 수 있어
나는 행복한 사람

살아 숨 쉴 수 있고
사랑하는 가족들의 응원 속에
건강한 몸으로 행복을 향해
한 계단 한 계단 오르는 여정에
기쁘게 웃을 수 있어서
나는 행복한 사람.

사랑하는 그대여

캄캄한 밤하늘에 수많은 별들이
나의 눈에 반짝이며 들어와요
유난히 반짝이는 별 하나
사랑하는 그대일까요?
풀 벌레도 치르르 치르르
먼 곳에 있는 그대를
목 놓아 부르는 것만 같아요
생각만 하여도
가슴이 콩닥콩닥
설레고 부끄러워 못 했던 말,
내일은 꼭 말할 거예요
그대를 사랑한다고….

손녀꽃

사랑은
내리 사랑이어라
손짓으로 발짓으로
속삭이듯 웃어주네
어찌 이래 고울까
어찌 이래 예쁠까
아침에 피어난 꽃처럼
해맑은 눈빛으로 방글거리니
나도 따라 웃음꽃 피네
너의 향기는
나를 행복하게 하고
나를 바라보는
너의 미소 천진 하여라
가장 아름답게
가장 향기롭게
살아가는
웃음꽃 행복꽃
예쁜 꽃으로 피어라.

동행

우리는 같은 하늘 아래에서
살다 보니 정이 들었습니다
공기도 같은 공기를 마시고
비도 같은 비를 맞았습니다

그대의 태양도 나의 태양도
하나이고 물 없이 흙 없이
살 수 없는 것도 다를 바가
없습니다

왜 사과나무를 심지
않느냐고 더 이상 묻지 말아요
우리는 지구라는 같은 배를
타고 항해하고 있어요

도착지도 같은 저 하늘.

미련없이

앙상한 나뭇가지에 걸린
2월의 바람들아

듬성듬성
녹지 않은 잔설들아

아직은 춥다고 고요 속에
갇혀 있는 사람들아

가는 것들에게 미소로 보내고
오는 것들에게 자리를 내어주자

이 세상 모든 것들이 가장 낮은
곳에 엎드려 있을 때 왔던 봄,

이제 그만 쉬고 싶을 때는
추억도 잊게 푸르렀던 청춘도 잊게

이제 그만 쉬고 싶을 때는
미련 없이 모두 떠나보내자.

어머니

어머니
꽃구경하고 오시니
기분이 좋지요

된장찌개에
진지 드시니
행복하시지요

저녁에는
저녁별 바라보며
아버지 생각하십시다

기억 놓지 마세요.

별

별들을 보고
사람들
우르르 몰려 가네

자기가
누군가의
별이라는 거 잊은 채

소리 지르며
발 동동거리며
우르르 몰려 가네.

하늘에
떠 있는 별들
서럽다고
밤비로 내리네.

산다는 것은

삶의 불편함을
새롭게 바꾸어 가는 것,

내가 알고 있던 일들과
몰랐던 사실들을 찾아가는 것,

무엇에든 내일을 꿈꾸며
땀 흘리고 인내하는 것,

나이는 까먹는 사탕의 개수
내일은 접어야 할 비행기 같은 것,

아직, 세상은 살만하다고
무에서 유를 창조해 가는 것,

당신에게

지저귀는 새들의
노랫소리에 눈이 뜨이면
오늘도 살아 있음에 감사해요

새털같이 많은 날에
당신 사랑 안에서
숨 쉴 수 있어서 감사해요

말하지 않아도
거룩한 마음이 전이되어
이 아름다운 나날이 감사해요

쌀을 씻어 밥을 짓고
국 끓여 밥상을 차리면 그저,
맛있게 먹어주니 감사해요

언제나 당신 생각하면
기쁨이 온 집안에 가득 퍼져
행복한 지금에 감사해요.

상추쌈

혼자서
상추쌈을 먹는다면
큼직하게 큼직하게
상추쌈을 싸라
입은 찢어질 듯 벌리고
눈은 왕방울처럼 크게 뜨고
볼이 부풀어 오르도록
입속에 넣어라

혼자서
상추쌈을 먹는다면
혼자 먹는 밥 쓸쓸하여도
된장이든, 고추장이든,
외롭지 않고 슬프지 않게
씩씩하게 먹고
힘 있고 용기 있게
당당하게 살아라.

기다림

온종일 비가 내리네
해도 별도 볼 수 없고
스산한 바람 타고
찬비만 내리네

이 비 그치면
해도 별도 볼 수 있을까
이 비 그치면
그대 음성 들을 수 있을까

외로운 호숫가
물안개로 피어나든
무지개로 피어나든
신비로운 사랑으로 오소서.

황혼

해질녘의 하늘은
붉은 노을이 물들이고
당신은 내가 부르는
사랑 노래에 붉게 물든다.

노을이 우리의
쓸쓸한 마음
외로운 마음 만져주니
뜨겁게 뜨겁게 젖어온다.

황혼의 아름다움여
찬란하게 타오르는
노을처럼 오래도록
우리 가슴에 머물러 다오.

오늘도

아침의 해가 떠오르면
오늘도 우리는 어제처럼 살겠지요

해가 오고 해가 가듯
우리들도 오고 가면서
오늘을 살겠지요

어제 꽃길을 걸어왔으니
오늘도 꽃길을 걸으며
살 거라 생각하지 않지만

그래도 오늘을 살아가면서
꽃 피는 자리 볼 수 있을 거라 희망을 심지요

오늘 하루를 응원하며
오늘 하루도 오고 가는 것들에
힘찬 박수를 보냅니다.

꽃처럼 바람처럼

꽃은,
자신을 자랑하지 않고
남을 미워하지도 않으니
세상을 아름답게 살려면
꽃처럼 살아가면 된다네

바람은,
그물에 걸리지도 않고
험한 산도 쉽게 쉽게 오르니
세상을 편안하게 살려면
바람처럼 살아가면 된다네.

상생相生

지난 한 주도
참, 바쁘게 살았지요

당신 위해
나를 돌보지 않고 살았어요

내 목숨이
당신 목숨이라고 해서요

그대 아시는지요
당신도 내 목숨이라는 것을.

밤이 아름다운 이유

밤하늘에
별들이 있어
밤이 아름다워요.

또 하나

사랑하는
당신이 있어
이 밤이
더 아름다워요.

편히 주무세요

오늘 하루도
내 생각과 내 말들로 상처를 받고
눈물을 흘린 그대여 편히 주무세요

잊으라고는 말하지 않을게요
내가 나쁜 사람이라고
나를 용서하라고
말하지는 않을게요

나는 이 밤
참회의 시간으로
어제의 나를 버리고
새 아침에
새 사람으로 돌아올게요

그대 그때까지
편히 편히 주무세요.

당신은 나의 등불

당신과 평생 소찬으로
밥을 먹는다 해도
나는 행복할 겁니다

옆에만 있어도 좋아서
평생 울고 산다 해도
나는 행복할 겁니다

살다 보면 어두운 길을
함께 갈 때도 있겠지요
아무런 근심하지 마세요

나는 당신에게 등불로
당신은 나에게 등불로
함께 가면 되지요.

대리 행복

집집마다
아침밥을
짓고 있을 거다
아이들을 깨우고
있을 것이고

세수하고 머리 빗고
일 나갈 준비를
하고 있을 것이다
교복 입고 학교 갈
준비를 하고 있을 것이다

저녁

새들의 울음소리도
멎었을 거다
기다렸다는 듯이
하늘에 별도
총총 떴을 거다

텔레비전에서
연속극 할 시간이
되었을 것이고
내 집의 방마다
불이 켜져 있을 것이다

지금쯤.

바램

지나는 하루하루
소란스럽지 않고
잘 이겨낼 수 있기를…

잔잔하지만 소소한 일들이
살아가는데 원동력이 되어
행복을 찾아갈 수 있기를…

나의 다정한 사람들과 함께
오늘 하루도 아름다운 꽃향기
가득한 날들만 이어지기를…

사

계

절

봄마중

기지개를 켜고
새벽 숲에 서니
먼 산 운무가
춤을 추듯 너울너울
나의 얼굴에 스쳐오고
하얀 눈에 덮여 시름 대던
앙상한 가지 위에는
짹 째 그르르 짹 짹
참새들의 돌림노래
싱그러운 아침 인사 합니다
풀숲 사이
발밑에 스치는 이슬방울들
움트는 새싹들에게
한 모금의 생명수가 되고
조잘대며 흘러가는 실개천에
얼음 깨고 나온 봄 소리와
봄마중 갑니다

봄비가

밤새 소리 없이
봄비가 내렸나 보다

텁텁한 입, 마른 내 가슴에
상큼한 아침 공기 내어 주고

움튼 풀꽃들의
따뜻한 생명수가 되었네

그 적막한 밤에
소리도 없이 내린 봄비가

겨울잠 속을 깨우고
봄을 맞으며 하늘을 열었네

밤새 내려준 따뜻한 봄비에
소박한 기쁨을 느껴보는 아침

오늘도 만나는 인연들과
봄비처럼 따뜻한 사랑 나눔 하리.

봄향기

고운 바람 살랑이고
따스한 햇살이 내려와

대지는 한 폭의 그림인 듯
아늑하고 평화롭다

희망의 길을 열어주는
봄 향기는
당신이 피워내는 꽃향기

그 향기로 나를
지켜주는 사랑 있으니
얼마나 행복한지

그 사랑, 그 행복,
바구니에 한가득 담아
봄 향기로 취해본다.

꽃샘추위

멀리서 비쳐오는 햇살
아직 발이 시린 이월 아침
수증기 서린 창 밖에는
새벽에 싸락눈이 내렸다

기온이 영하로 뚝 떨어져
입김 폴폴 내어 곱은 손
불어가며 서리 덮인 텃밭에
몇 포기 남아있는 배추 찾아
어설픈 손으로 헤집는다

얼지 않고 굳건히 살아있는
배추 아슬아슬 땅에 붙어 떡 벌어진 봄동 몇 포기
고마움에 마음은 따뜻한데
봄은 고운 모습으로 온 적이 없다

움트는 봄

꽃샘추위의 시기를
이기고 나서야 오는 봄,
겨우내 앙상한 나뭇가지들의 바람으로 부는 성화
실눈 떠 움트는 새싹들의 아우성

매서운 바람 살 속을
파고들어야 추위더냐
웃풍 불어 몇 벌을 껴 입어도
춥고 배고픈 고양이 마냥
웅크린 짧은 한 계절이다

자연이, 자연스레 내밀어
매운 겨울의 아쉬움이 주는
계절 바뀜의 혼란이지만
한 해 잘 견디며 살아가라는 발돋움

찬란한 봄

아직 녹지 않은 산기슭
분홍색 옷 입고 새색시처럼
수줍게 앉아 피어있는
진달래꽃

가녀린 몸 길게 늘어져
가지마다 노랗게 수를 놓고
봄바람에 살랑살랑 유혹하는
개나리꽃

고운 시절에
봄이 차려낸 잔치
이 화사한 순간들 시들지 않으려
품은 향기마저 아름다워라!

쑥부쟁이

아침 햇살에 끌려
베란다에 나가보니
작은 화분 속에서
앙증맞게 앉아 자라고 있는
쑥부쟁이가 나를 반긴다

만져도 보고,
쓰다듬어도 보고,
밀고 올라온 가녀린 꽃대는
나의 손길 따라 답하는 듯
이리저리 흔들흔들

너의 향기 내손에 안겼나
출근길에 지나는 사람들과
만나는 동료들의 얼굴들이
아침햇살에 빛나던 보랏빛
쑥부쟁이로 보여

너로 인해 오늘
나의 일상이 향기로웠고,
지난 추억 그리움에
들길을 걸어온 듯 여유로워
순탄한 귀가 길, 너에게 간다.

봄에는

연초록 풀잎으로 만나자
봄비에 말갛게 젖어드는
싱그러운 풀잎으로 만나자

봄에는 푸르러보자
무거운 마음의 옷 벗어버리고
푸른 풀잎의 옷을 입어보자

봄에는 이렇게 마주 보며
푸른 풀잎으로 푸른 풀잎으로
푸르게 다시 살아보자.

싱그러운 아침에

커튼을 활짝 여니
하얀 이 드러내고
생긋 웃는 아이처럼
창밖 벤치에 걸터앉은
아침 햇살 싱그럽네

코끝에 스미는 바람
아침 냄새 상쾌하고
지난겨울에 걸어놓은
새싹이 움트는 소리
싱그러운 봄이 왔나 봐

봄을 재촉하던 지난 추억
설렌 기억 따라 기적소리
울리며 기차는 떠나고
아! 오늘도 상큼한 향기에
취해버린 싱그러운 아침.

봄이 왔으니

앞만 보고 오를 때는
발끝만 보인다 하네
멈추어 서 서보면 내 앞에
지평선이 펼쳐진다 하여
힘든 일상 속 지치지 말자

사계절 자락마다 의미를
부여한 삶이 조화로워
활력이 넘쳐나
행복까지 느끼게 하는
쉼터가 바로 오늘이니

좋은 의미만 담고
일상 속에서 고운 향기로
살아간다면 즐거운 일들
행복만 가득가득,
제비가 봄을 물고 왔다네.

봄을 줍는다

지난 밤비에
힘없이 떨어진 꽃잎들

추적하게 젖은 꽃잎들이
앞마당에 꽃밭을 만들었네

한참을 쪼그리고 앉았다
일어서며 봄을 줍는데

봄은 여름을 데려오고
여름은 꽃비를 내리고

나는 봄을 줍고 있다.

봄에게

햇살처럼 바람처럼
당당하게 꽃 피워라

따스함으로
포근함으로

햇살도 바람도
이 봄에는 당당하게 온다

한여름에 다가올 시련쯤
한겨울에 다가올 추위쯤

꽃 피우려는 너에게는
아무것도 아니다

씩씩하게 당당하게 피워내는
아름다운 너를 보고 싶다.

3월이다

3월은
희망이라는 말이
가장 잘 어울리는 달,
지금 너에게
지금 우리에게
이보다 더 잘 어울리는
말이 또 있을까

3월이다
우리 서로 다르게
피는 꽃이지만
길 가든
풀숲이든
꽃 한번 피워 보자.

3월

질긴 게 목숨이라지요
산다는 일이
호락호락하지 않다던
어머님의 말씀이 생각나네요

엄동설한의 한 겨울을
용케도 잘 이겨 내 왔지요
춥고 시릴 것 같은
마음에도 푸른 잎이 돋아나요

굳게 닫힌 창문도 여시고
두꺼운 옷도 그만 벗으시고
우리 이제 만나요, 만나서
3월의 꽃 한 번 피워 보아요.

오월의 붉은 장미

여기저기
뜨거워지기에 바쁜 계절

거리마다 골목마다
붉은 물감 뿌려 놓았나

담장을 오르는
붉은 장미

오월이 앉은 벤치에도
뜨겁게 달구고 있네

붉은 장미는
내 마음에도 불을 지피고

아! 오월이 뜨겁네.

가는 오월

마지막으로 오월과
식탁에 마주 앉아
그가 들려주었던
아카시아꽃 이야기
찔레꽃 이야기를 나눕니다

그는 오월 내내
부지런히 일만 하였지요
수고하고 땀 흘린 오월은
들로 산으로 꽃을 피우며
새싹을 길러내었습니다

가는 오월을 그냥 보낼 수
없기에 오늘은 오월과 함께
밀린 이야기를 나누며
밥도 먹고 차도 마시며
이 마지막 밤을 보냅니다.

오월의 사랑이

아카시아 꽃다발
그것도 부족하다며
찔레꽃 꽃다발
그것도 부족하다며
라일락꽃 꽃다발
턱 안겨주더니,

이럴 수
있는 겁니까?.

가슴에
불 지펴놓고,

커피 한 잔
같이 마시지 못하고
술 한 잔
같이 마시지 못하고

서로가
끓어오르는 가슴만
숨기다가,
숨기다가,

그렇게
가고 말았다.

5월은 가도

5월은 가도
당신은 가지 마세요

5월의 꽃은 시들어도
당신은 시들지 마세요

생각해보면
달 한 번 떴다가 지는데

5월은 가도
당신은 울지 마세요

달 한 번 떴다 진 거라
생각하세요

6월의 창문을 엽니다

그대여 나에게
산바람으로 오세요

그대여 나에게
솔바람으로 오세요.

5월의 나

봄인지 여름인지
기웃, 기웃대다가
중간에 서 본다

5월의 풍경들
미처 비우지 못한 채
잠시 밀쳐 두고

가끔은 다른 쪽을
다른 쪽으로
기웃거릴 때가 있어

이럴 때는 그저
평안한 생각으로 소신 있게
기웃거려 보는 거야

그런데 말이지

원래 태생이 그런지 항상
중간에 서 있는 걸 좋아해

그래서 내가 눈치도
없이 살아서 이토록
한 생애를 허둥대나 봐.

민들레꽃

먹고살기 위해서
사람들
하나, 둘,
도시로 갔다네

그 자리
쓸쓸하고 외로워서
도시의 별들
하나, 둘,
산골로 왔다네.

눈꽃

하얗게 지새운 밤
새벽이 흐르는데
때아닌 3월에
눈꽃이 내리네요

사랑하는 이의
마지막 인사인지
그리운 이와
이별하기 어려운지

소리 없이
소리 없이
눈물 흘리듯
눈꽃이 내리네요.

글썽이던 눈에
떠나가는 이에게도

보내려는 이에게도
하염없이 내리는 눈꽃

그이도, 나도 젖습니다
눈물 되어 젖습니다.

꽃은

스스로 피어나지는
않았습니다
내가 활짝 피어있는
꽃이 되기까지는
수많은 사연과 눈물을
흘려야만 했습니다
갈라지고 메마른 저 땅에서
내가 되기까지는
수많은 용서와 이해와
배려가 있었습니다
그걸 숨기기 위해 나는
더 진한 향기를 가지고
있는지 모릅니다
내가 활짝 웃고만 있으니
나의 속내를 알리가
없을 겁니다.

3월에

3월의 꽃을 그려볼까
무슨 색깔로 그려질까
분홍 색깔은 진달래 꽃으로
노랑 색깔은 개나리 꽃으로
생각만 하여도 내 마음속에는
분홍, 노랑, 다 들어 있네

3월은 그냥 3월이 아니지
친절하고 예의가 바라서
4월을 생각하게 하고
추운 나라의 아버지를
따뜻한 나라의 어머니를
생각하게 한다.

3월의 집

주인이 없는 그 집에는
문패도, 울타리도, 그 흔한
자물쇠 하나 없었네

누구든 와서 살아도 좋고
편히 쉬며 사랑해도 좋은
누구든 와서 울어도 웃어도
좋은 꿈만 꿀 것 같은 곳,

3월의 집이 그렇다네
따스한 햇살이 들어오는
창문이 있고 꽃으로 장식된
침대도 놓여 있다네

새소리 들려오는 아침
맑은 별이 찾아오는 저녁
문턱도 없고 숙박비 내지 않아도

편히 쉴 수 있는 참 좋은 집이라네

나, 이렇게 그대에게 가는 것도
3월의 집에서 가져온
따스한 햇살 따스한 바람
아름다운 꽃 때문이라는 거,

나 이제야 비로소
2월의 집에서
나올 수 있을 것 같네.

4월의 꽃들이여!

눈부신 햇살과 활짝 피어난
봄꽃들의 향연, 거리마다
진한 향기가 코끝에 스민다

담장 밑 라일락 벙그는
꽃잎들이 옛 추억을 몰고 와
한참을 서서 바라보았다

풍성하고 수북한 라일락꽃을
닮은 그리운 친구 얼굴이 떠올라
더욱 예쁘고 사랑스러워 보였다

고왔던 그리운 친구는
잘 지내고 있는지, 봄꽃처럼
환한 미소로 나에게 젖어온다

그저, 스쳐가는 바람에도

눈길 한번 주지 않는 이에게도
환하게 웃고 있는 4월의 꽃들이여!

항상 내 마음속에 피어있는
친구처럼 영원히 지지 않고
활짝 피어있기를…

5월의 장미

따뜻한 햇살이
뜨거운 바람을 몰고 와
정열의 꽃으로 피어난
5월의 장미여!

올해도 잊지 않고
사랑과 행복만 아낌없이 주고파
나의 정원에 한 자리 차지하고서
변함없이 피었구나

내 운명의 실타래처럼
얽히고설키며 활활 타오르다
진한 향기로 절절이 녹아내려
나의 아픈 마음 어루만져주네

다시 활짝 피워보라고
새로운 세상으로 한 걸음 더

거듭나 보라며 붉은 얼굴로
내게 안겨오는 진실한 고운 꽃,

까닭

내가
한 여름의 나무로
살고 싶은 까닭은
고 작은 매미를
울게 하고 싶기 때문이야
캄캄한 땅속에서
울고 싶은 거 참으며
수년을 견디어 내고
잠깐 울고 가는 생이지만
잠깐 울고 가기 위해서
인고의 세월을
견디어 냈잖아
너와 내가 울지 못하면
매미라도
원 없이 울게 하고 싶어.

7월에는

칠월에는
뜨거워지자
가슴에 이글거리는
태양 하나 품고
우리 뜨거워지자

칠월에는
뜨겁게 살자
햇빛 쏟아지는
모래밭 일지라도
우리 뜨겁게 살아보자.

큰일이다

빨갛게 고추 익어가는데
나는 아직도 푸르뎅뎅하다

여기저기 매미들 우는데
나는 아직도 울어야 할 사람을
만나지 못했다

유월도 아닌 칠월인데
나는 아직도 어정쩡한 나무로
뒤란에 서 있다

그늘 하나도 내어놓지 못해서
이 칠월, 큰일이다.

8월은

8월은
여름을 여물게 하여
보이는 곳마다
푸르름이라 좋다네

한 곳만 보지 않아도
어느 한쪽만 바라보지 않아도
8월은 우리에게 편안함을 주니
이 얼마나 복 받은 일인가

때로는 용서하지 못함에
잠들지 못하여도 이렇게
아침에 일어나면 눈앞에 보이는
푸르름이 있어 좋다네

8월은
푸른 젊음을 쌓아 놓고

열정으로 살라 하니 이 또한
그대와 내가 복 받은 일 아닌가!

들꽃

바람길 따라
저마다 예쁜 모습으로
활짝 웃고 있네

사랑하는 이에게
안기고파 다가서 보는
마음인 양 나를 설레게 해

주머니 속에 넣고 싶은
아기자기한 꽃 이야기로
사랑을 꿈꾸게 하고

들길에 어우러져
환상적인 아름다운 언덕의 주인이여

스스로 피어나 사라지는
꿈결 같은 들꽃이여!

가을비

내게 무슨 말을
하려던 것일까
서성이다
차갑던 창에
사랑만 그려놓고

아!

내리는 가을비에
그리워 불러보네
보고파 불러보네
그대가 울어주니
내 가슴은 다 젖고.

이 가을에는

잠시 펜을 놓고
하늘만 쳐다보아요
편지도 하지 말고
답장도 기다리지 말아요

사랑도 기다리지 말고요
독에 물도 채우지 말고
밥 짓는 연기도 피우지 말아요

모든 걸 잠시 멈추고
가을 하늘의 해님만 모셔와
들판을 걸어 다니게 해요

풍성하게 채워질 알곡들
아름다운 계절에 잘
익어갈 수 있도록 해님만
이 땅에서 머물다 가게 해요.

그대를 위하여

나는 이 가을밤에
그대를 위하여
책도 펼치지 않고
붓도 내려놓겠습니다.

나는 이 가을밤에
그대를 위하여
짝 잃은 귀뚜라미 소리
듣지 않겠습니다.

나는 이 가을밤에
그대를 위하여
창문의 커튼을
걷어 놓겠습니다.

나는 이 가을밤에
그래를 위하여

꼬박 한밤을
지새워 보겠습니다.

당신과 함께라면

이 가을에
당신과 함께라면
아침밥도 짓고
저녁밥도 짓고 싶습니다.

이 가을에
당신과 함께라면
홀로 걸었을 땐 보지 못했던
저녁 별도 함께 보고 싶습니다.

이 가을에
당신과 함께라면
나는 당신을 위해서
이 가을을 살아가겠습니다.

산국화

들판 여기저기 피어나 행락
길손들 눈요기로 바쁜 계절
봄에 피었던 진달래보다
여름에 피었던 장미보다

누군가의 꽃이 되기 위해서
누군가의 향내 나는 차가 되기
위해 모진 비바람도 견디며
가을 한 철 피었다네

부족한 모습이지만 조금이나마
이 세상에 도움 되려고 피어났으니
나로 인해서 저 들판이 모두
환해졌으면 좋겠어.

가을은

가을은
너와 내가 숨어도 찾아내어
이 가을을 살게 할 것이다

가을은
익어가게 하고
물들게 할 것이다.

숨어도 숨어도
우리는 이 가을 앞에
모든 것이 드러날 것이며

주고 버리는 것이 이 세상에서
가장 아름다운 사랑이라는 것을
비문처럼 남기게 될 것이다.

산골짜기에서

소나기 훅 지나가고
나뭇가지 사이로 청명한
가을 하늘이 걸렸네

여름 절정기 때 무성하게
푸르던 나무들 물줄기 안고
서있는 모습도 그대로다

몇 해 전 친구들의 웃는 얼굴
웃음소리 두고 간 추억들이
가을 산 골짜기마다 흐르고

먼 훗날에 우리 다시 만나도
추억 속에 그 모습 그대로일까
보고 싶다 그리운 친구들아.

정원

고운 바람
따뜻한 햇살
아늑한 흙
희망의 길 열어 주는
당신의 꽃
그 향기는
서로를 지켜주는
사랑이기에
우리의 꽃밭은
영원히 아름다우리.

책상 위에 소국

찬바람 달고 들어오니
방안 가득히 피어난 미소
그윽한 향기 은은하게 번지며
책상 위에 앉아서 나를 반긴다

아무 생각 없이 피어나
희망을 노래한 것이 아니다

연한 미소 머금고 나를 바라보는
국화도 말없이 오늘을 살아내어
세상의 모든 일들이 순탄했던
하루를 말해주는 듯하다

잘 살아 냈다고
국화꽃의 향기를 안고
살며시 눈을 감는다.

시골 겨울밤

저녁밥은 먹었는데
마실 가는 사람도 없고
마실 오는 사람도 없다

발 동동 구르며
지붕 위를 지나가는
조각배 하나

고소한 군밤과
군고구마 호호 불며
먹는 손자들

할아버지의 무서운
귀신 이야기로
깊어가는 시골 겨울밤.

첫눈 오는 아침

첫눈이
싸락싸락 오는데
어찌, 아침밥부터
먹을 수 있겠는지요

그래서 전화를 합니다

첫눈 그치면
소복소복 쌓인 들길
걸어오세요
아침밥 먹읍시다.

정월대보름 날에

동구 밖 미루나무에
그리움 하나 걸었더니
오늘 정월대보름 날
둥근달이 차오르네

달님 속 보고 싶은 얼굴
곱던 미소 아련하여
먼 나라에 계신 님 보러
횃불 밝혀 길을 나서네

환한 미소 예쁜 달님아
이내 소원 하늘에 닿아서
사무치게 그리운 어머니
얼굴 한 번 보여주소

부드러운 눈빛 인자한 모습
어머니 품속 애타게 그리워

동구 밖 뒷산에 올라 목놓아
간절히 불러보네.

2월의 나무야

2월에도 비가 내려야
3월에도 비가 내리는 거래
피하지 말고
기쁘게 맞이하자

곧 3월의 비가
뿌연 하늘과
메마른 대지위에 서있는
너에게 촉촉이 적셔줄 거래.

2월에는

누군가 내 속에서
녹는 물소리를 듣게 된다면
누군가 내 발등에서 땅이
풀리는 소리를 듣게 된다면

한 그릇의 밥을 더 먹는, 식욕이
꿈틀대는 2월을 보게 될 거다
먹고 힘을 내야만 3월로 갈 수
있는 2월을 산다

세상은 양지만이 다는 아니지
햇살 좋은 곳에서만 풀잎이 돋는
것도 아니고, 음지에서도 풀잎은
돋아 난다

사랑을 잃은 자는 사랑에 대해서
더 노래해야 하고 춥고 시린 자는

묵묵히 서있는 나무를 한 번 더
안아주어야 한다

2월에 눈 내려 매섭고 차가운
바람이 세상을 다 덮는다 해도
우리는 밥을 먹고 힘을 내서
씩씩하게 살아야 한다.

2월의 편지

2월이다 말하기 전
나는 편지를 씁니다

잘 있느냐고 잘 계시냐고
안부의 편지를 씁니다

조금만 더 살아보자고
조금만 더 힘내 보자고
격려의 편지를 씁니다

희망이 없을 어느 골목길을
그대가, 가고 있을지라도
조금만 더 걸어가 보라고
소망의 편지를 씁니다

나는 또다시 그대에게
2월을 보내고

3월이다 말하기 전
내가 보낸 편지를
받아보았으면 좋겠습니다.

2월의 사랑은

속이 노랗게 잘 익은
군고구마 같은 사랑이라면
나는 좋겠어요

한입 베어 물면 구수하고
단물이 가득 베어
언 가슴 사르르 녹이는 따뜻함

그대의 2월도
고구마처럼 달콤한 사랑으로
마냥 행복했으면 좋겠어요.

겨울 바람

춥다고 옷깃을
여미지 마세요
춥다고 창문을
꽁꽁 봉하지 마세요
봄날 그대 가슴을
간지럽혀 주었고
여름날 그대를
시원하게 해 주었고
가을날 그대 추억을
떠 올리게 해 주었던
그 바람
그 바람이라는
것을 잊지 마세요.

겨울 끝자락

서두르지 말고
조급해하지도 말고
창문을 열고 기다려 보자

들길 거닐며 주머니 속
손을 빼고 푸른 꿈 꾸고 있는
햇살을 만져보자

꽃피는 삼월 그리워하며
짧은 다리로 달려온
2월의 칼날 같은 바람도

대지를 흔드는 새싹들의 꿈과
봄의 아지랑이가 만남을 위해
웅크린 가슴마저 풀어낸다

잠깐 밥을 먹는 사이 차를

마시는 사이 꽃 피울 봄은 오니
조용히 낡은 옷부터 벗자

저 산 너머에 봄이 있다.

김희정 시집

人生 사계절

· 2025년 04월 15일 인쇄
· 2025년 04월 20일 발행

지은이 김희정
연락처 010-5880-7093
이메일 heejjung@naver.kh022624

펴낸곳 도서출판 뿌리
등 록 1993년 4월 2일 제13호
주 소 경주시 금성로408번길 16. 경우오피스텔 705호
전 화 (054)771-3529, 010-4801-1607
팩 스 (054) 771-3529
메 일 poem214@hanmail.net

정 가 13,000원